I0684701

QUESTIONS

ADRESSÉES

AUX PRÉTENDUS AMIS

DE LA LIBERTÉ.

*PAR M.*ᵉ *le Comte DE CHABRIÈRES, Ancien Colonel au service de Malte, Chevalier de l'Ordre Royal et Militaire de Saint - Louis et de Saint - Jean de Jérusalem.*

À MARSEILLE,

De l'Imprimerie de DUBIÉ, rue de la Loge, n.° 15, près l'Hôtel-de-Ville.

Décembre 1818.

*A Messieurs les Rédacteurs de la Minerve,
du nouvel Homme gris, du Censeur,
et autres écrits dans les mêmes prin-
cipes.*

Marseille, le 20 Décembre 1818.

MESSIEURS,

DEPUIS quarante ans, j'avais la bonhomie
de croire que le devoir d'un honnête homme
était de sacrifier sa fortune, son existence
même, pour la défense de son Prince, que
c'était sur ces bases éternelles que reposaient
la prospérité des Empires et le bonheur de
mon pays.

Entraîné par ces premières impressions,
qui m'avaient été fortement inculquées dans
ma jeunesse, j'ai supporté avec patience et
résignation la faim, la soif, tous les genres
de privations auxquels l'humanité la plus
malheureuse peut être sujette dans les tems

de troubles et d'anarchie , j'ai bravé la mort au milieu des combats, comme dans les prisons de la force , pour soutenir la cause de la légitimité , sans jamais démentir le caractère et la dignité qui convient si bien à celui qui est animé et guidé par de nobles sentimens.

Heureux et satisfait d'avoir rempli les obligations que m'imposaient plus particulièrement ma naissance et l'exemple de mes pères , je passais tranquillement ma vie sans désirer ni solliciter aucune récompense , sans réclamer même diverses créances considérables que me doit le gouvernement , et dont j'aurais pû être payé si j'avais voulu reconnaître , dans les temps , les assemblées factieuses qui l'ont renversé. (1)

Eh bien ! qui pourra jamais croire que sous le règne le plus paternel , en parcourant des feuilles qui se disent si éminemment françaises, la Minerve , les Lettres Normandes, le nouvel Homme gris et autres ,

------

(1) Ces sommes consistent dans la finance d'une charge de Conseiller et le remboursement de mon passage dans l'ordre de Malte.

j'y ai vû que ma conduite n'a été qu'une suite de rebellions et d'absurdités révoltantes.

Étonné, confondu, énivré même par l'éloquence de ces sublimes écrivains, j'ai senti qu'il n'y avait qu'une rétractation éclatante de mes anciens préjugés, qui pût me mériter la protection de nos nouveaux Solon, et me garantir des ridicules et du courroux de la nation qu'ils avaient appellé sur ma tête. Je m'étais donc décidé à la faire solennellement, lorsque quelques légers doutes sont venus tourmenter mon imagination ; mais je suis persuadé qu'ils ne pourront résister à la bonne foi avec laquelle vous les combattrez.

Je viens, Messieurs, avec la même soumission d'un écolier envers ses maîtres, d'un citoyen envers ses régénérateurs, d'un croyant envers son prophète, vous soumettre quelques questions, dont la solution tend à établir dans le plus grand jour les véritables maximes qui doivent servir de règle à la nouvelle nation française.

Veuillez donc, Messieurs, en bons français, pour faire cesser mon scepticisme, m'expliquer pourquoi toutes les concessions que nos Souverains ont faites depuis l'origine de notre Monarchie, jusqu'à nos jours, au lieu d'exciter la reconnaissance dûe au bienfait, ont sans cesse tourné contre leur puissance, et fini par amener la plus horrible, comme la plus déchirante des catastrophes, la mort du meilleur, du plus vertueux des Rois.

N'est-il pas à craindre, que des Ministres qui suivraient la même route que Mr. Neker a tracé pour conserver le pouvoir, comme lui, n'entraînassent dans l'abîme de l'anarchie, l'autel, le trône et la patrie.

Comment peut-on espérer, que des malheureux qui gagnent leur vie à la sueur de leur front, une seconde fois mis en mouvement contre les premières classes de la société, par les libelles et les calomnies atroces qu'on répand contre elles avec tant de profusion, puissent ne pas convoiter ces Palais brillans, ces superbes équipages, ces douceurs que procure l'opulence, lorsqu'ils pourraient se dire, avec vérité, que ceux qui les possèdent aujourd'hui n'ont pû pardonner aux descendans (*expropriés, ruinés,*) des anciens nobles, l'ombre presque imperceptible de distinction qui leur reste pour unique consolation ; ombre qu'on n'apercevrait même plus, si on cessait un instant d'être armé pour la combatre.

Pourquoi y a-t-il moins de gloire d'avoir servi son Roi sous Condé, que d'avoir obéi aveuglement à Robespierre et ses successeurs ?

Pourquoi faut-il moins redouter aujourd'hui d'avoir été l'instrument volontaire ou forcé de ces conventionnels qui ont cru imposer silence à leurs remords, en sacrifiant les plus augustes têtes, pour faire disparaître à jamais de la terre toutes les vertus qu'elles représentaient ; qui ont ordonné les noyades de Nantes, les fusillades de Toulon et de Lyon, et autres horreurs de ce genre ; que d'avoir été dans l'étranger chercher des auxiliaires pour empêcher le crime, renverser les échafauds qui couvraient la France de sang et de deuil, écraser le vice et faire triompher la vertu ?

Pourquoi est-on moins bon français en

conservant la vie à ses compatriotes prison-
niers sous le drapeau blanc, qu'en les fu-
sillant sous le drapeau tricolore ?

Pourquoi blâme-t-on dans le même moment l'homme qui change, appelé girouette,
et celui qui est invariable, appelé *ultrà* ?

Pourquoi y aurait-il plus de mal à rester
fidèle à son serment qu'à le trahir ?

Pourquoi trouverait-on étonnant que Louis
XVIII prit les mêmes précautions pour as-
surer sa dynastie, d'où dépend notre tran-
quillité, et celle de l'Europe, que prend
le plus simple particulier qui, en plaçant
ses fonds, exige des garanties de celui qui
veut les emprunter ?

Pourquoi les beaux faits d'armes de nos
braves, sous l'homme étonnant qui a si
long-temps commandé les destinées du
Monde, n'ont-ils eu d'autres résultats que
d'amener, dans l'espace d'un an, deux fois
l'étranger dans notre capitale et nous faire
perdre nos riches colonies, tandis que Louis
XIV ce Monarque si déprécié aujourd'hui,
malgré ses revers, a établi sa postérité sur
les plus beaux trônes de l'Europe, a étendu

les bornes de la France et posé les grandes bases des rapports commerciaux qui devaient rapprocher les nations ?

Pourquoi ceux qui naguères rampaient le plus bassement devant des autorités absolues, sont-ils devenus si audacieusement exigeants sous la plus douce, comme la plus tutelaire de toutes ?

Pourquoi bouleverse-t-on nos idées en dénaturant les expressions de notre langue, en appelant indépendans ceux qui sont dévorés par la soif de la fortune et des honneurs, lorsque ce beau nom ne devrait, dans sa véritable acception, appartenir qu'à des êtres prévilégiés qui, dans une heureuse médiocrité, satisfaits de leur sort, ne désirant que le bonheur de leur semblable, semblent s'élever, par leur désintéressement, au-dessus des faiblesses de l'humanité, et des passions qu'elles entraînent.

Pourquoi cherche-t-on à ridiculiser, à détruire une religion qui commande le pardon des offenses, et sert de frein à nos passions, dans le moment même où le besoin de la vengeance se fait si souvent sentir, dans celui où les crimes atroces se multiplient d'une manière éfrayante ?

Pourquoi cherche-t-on à rendre odieux au peuple les royalistes, les nobles, les prêtres et les lui présente-t-on sans cesse comme ses plus cruels ennemis ?

Lorsque personne n'ignore qu'un général vendéen (Bonchamp), à son lit de mort, demanda et obtint de ses frères d'armes, pour prix de ses services, la vie de trois-mille républicains que l'impérieuse et barbare loi de la représaille forçait à immoler.

Lorsqu'on a su qu'à Grenoble ils ont employé leur influence pour faire recommander à la clémence royale, sept personnes fesant partie d'un complot, dont le but était d'attenter à leurs jours, et que le général même qui y commandait, a sauvé la vie à celui qui, dit-on, devait lui porter les premiers coups.

Quand à Lyon on les a vus, si ce n'est tous, du moins en grand nombre, chercher à sauver le général Mouton Duvernet, après

qu'il eut quité volontairement l'asile que l'un
deux lui avait donné dans son château,

Tandis que d'un bout de la France à
l'autre, pendant la disète, ils employaient
les débris de leurs fortunes pour venir au
secours des malheureux, quoiqu'on ne cessat
de publier que ce n'était que le vil senti-
ment de la crainte qui les déterminait à
une action si naturelle.

Lorsqu'ils n'ont point voulu profiter des
deux invasions étrangères pour rançonner
les possesseurs de leur ancienne fortune, ce
qui assurément, au milieu des désordres
qu'entraîne la guerre, leur eut été bien facile.

Alors enfin, qu'on ne peut tout au plus leur
reprocher que des plaintes échappées à l'excès
de leurs maux, et un dévouement sans bornes pour l'auguste race qui nous a donné
de si grands, de si bons Rois; dont le der-
nier, sur-tout, a surpassé en magnanimité,
en clémence, tout ce que l'histoire nous offre
de plus grand.

Pourquoi donc au lieu de laisser au temps
la faculté d'exercer son empire sur les cœurs,

en cicatrisant les plaies les plus profondes,
en amenant des raprochement désirables,
cherche-t-on, au contraire, par tous les
moyens possibles à réchauffer l'esprit de parti
et les haines affreuses qu'il enfante ?

Ne devrions-nous pas , au lieu de nous
livrer à des récriminations continuelles qui
forcent les plus modérés à entrer en lice
pour se défendre, céder au plus doux des
sentimens , celui de la reconnaissance , en
publiant les services que les ames géné-
reuses des différens partis se sont rendus
pendant nos orages révolutionnaires.

Ne ferions-nous pas mieux de prouver au
monde entier qui nous comtemple, à la postérité qui nous jugera, que nous avons pro-
fité de nos longues infortunes , en fesant un
sage et noble usage de notre nouvelle li-
berté , en abjurant nos anciennes divisions, en
oubliant un passé (2) qui n'est plus en notre

---

(2) Si je rappelle des souvenirs que je voudrais
au prix de tout mon sang effacer à jamais , qu'on
ne s'en prenne qu'à ceux qui m'en font la dure loi,
en cherchant à dénaturer la morale sur laquelle re-
posent nos destinées.

puissance , pour nous occuper d'un présent qui nous appartient , que nous pouvons embellir par une réunion sincère, dont les heureux effets calmeraient les craintes qui détruisent la confiance , occasionnent la baisse des fonds publics , resserrent le numéraire paralysent le commerce et préparent, peut-être , notre dissolution politique.

Ce sont là , Messieurs , les points importants sur lequels j'ose invoquer votre jugement , si vous daignez me l'accorder avec cette précision , cette puissance de logique qu'on est toujours sûr de rencontrer dans vos hautes conceptions littéraires, je ne doute pas qu'elles n'opèrent mon entière conviction.

Je vous promets alors en reconnaissance , de proclamer hautement que tout ce qui est antécédent à notre révolution , ne présente que barbarie et obscurité ; que l'héroïsme des du Guesclin, Bayard, Fabert, Catinat , Turenne, Villars , Condé, du Quesne, Jean-Bart, du Guai-Trouin , etc. , n'ont eu d'autre existence que dans l'imagination exaltée de nos bons et crédules aïeux.

Que les beaux dévouements des d'Assas,

Delille , Deshut , Varicourt , Miomandre ,
Durpière , Malsherbe , de Seize , ne sont
que des fictions ; que les Cazalés , Villele ,
Chateaubriand , Fievée , Castelbajac , Cor-
bières , La Bourdonnais , Bonald sont sans
aucun moyen ; en un mot , que tous les
royalistes n'ont pas le sens commun.

J'irai plus loin, même s'il le faut , j'ajoute-
rai que les ⚜ , ⚜ , ⚜ , Donadieu, Canuel, Fitz-
James , La Rochejaquelein ; Vitroles , Chap-
pedelaine , Romilly , Songis , Joannis et Chateaubriand , (car ce diâble à quatre se
trouve par - tout) , ont conspiré contre ce
qu'ils aiment et respectent le plus.

Assurément on ne peut étendre davantage
les bornes de la docilité , mais que ne fe-
rait-on pas pour obtenir les sufrages de ceux
qui se sont chargés si généreusement de
régenter l'univers , pour en devenir les ré-
gulateurs. Une seule crainte me reste en
terminant , c'est de ne vous avoir pas donné
une assez bonne idée de mon intelligence ,
pour que vous daignez, Messieurs, prendre
la peine d'achever ma conversion politique
et m'agréger ensuite à la propagation du

grand œuvre ; mais sous un autre rapport,
ce qui doit me rassurer, c'est qu'il est im-
possible du moins que la preuve de mon
excellente mémoire ait échappé à votre saga-
cité. Je vous le demande : quand on est pourvu
de ces grands mots d'ordres, tels que féodal,
gothique , rentes , droits seigneuriaux , fa-
natisme , ultramontain , anti - libéral, des-
potisme , en faut-il davantage pour réussir?
Soyez donc bien tranquilles , Messieurs, si
je deviens jamais un de vos Seïdes , j'aurai
grand soin, à votre imitation , d'employer si
souvent la puissance de ces mots magiques,
que douter de mes succès , ce serait nier
l'existence des vôtres.

*J'ai l'honneur d'être , en attendant mon
entière régénération , avec les senti-
ments que vous doivent , à si juste
titre , les amis de la Monarchie et
de l'Ordre.*

MESSIEURS,

*Votre très-humble et très-obéissant
serviteur,*

Le Comte DE CHABRIÈRES.

www.ingramcontent.com/pod-product-compliance
Lightning Source LLC
Chambersburg PA
CBHW070804200626
46811CB00023B/1767